KB056083

바람만 스쳐도
아픈 그대여

모악시인선 014

바람만 스쳐도
아픈 그대여

최동현

모악

시인의 말

시가 내 삶의 전부인 때가 있었다.
그런 시를 오래 가까이 하지 못하고 살았다.
30년 만에 재회를 하면서 시집을 묶는다.
여느 시인이라면 여러 권의 시집을 냈을 세월을 보내고
겨우겨우 시집 한 권을 묶어 보았으나,
알갱이보다는 쭉정이가 더 많다.
철 지난 옷을 입고 나서는 것처럼 쑥스럽기도 하다.
그래도 이제는 '시를 안 쓰는 시인'이라는
부끄러운 이름은 떨쳐버릴 수 있을 것 같아서
마음이 놓인다.

늘 시인으로 살기를 바라시던 정양 선생님,
시를 안 써도 시인으로 불러준 옛 「남민시」 동인들,
전북작가회의 회원들께 감사한다.

언제나 나의 선택을 지지해준 가족들도 고맙다.

2018년 8월
최동현

차례

2부 민둥산 너머

3부 모진 그리움

4부 봄이 온다

1부
언 강을 건너며

전야

1.
허리 부러진 들풀들의
비명을 밤새워 듣고 있었다.

어디서 누가 울었는지 젖어 있는
어둠 사이로
무명의 것들이 무참히도
쓰러지는 소리를
밤새워 듣고 있었다.

2.
하늘이 내려앉고 있었다.

하늘의 무게에 눌려, 들판이
조금씩 가라앉고 있었다.

마른 번개가 이는 서쪽 하늘
금간 들판머리로
무겁게 내리는 천년의 고요

고요가 땅끝까지 가로놓여 있었다.

격포 기행

1.
바다는 멀리 도망가고
도망가서 쓰러진 채, 나직이
울고 있고

햇빛 부서져 아픈
산허리에
눈 부릅떠 피어 있는
붉은 산당화.

흙먼지 사이로, 끊어진 길이
겨우 갯가에 닿고 있었다.

2.
바람은 아무데나 버려져 있었다.

버려진 바람은, 녹슨
쇳소리로 울고 있었다.

판자쪽 같은 아이들의 얼굴이
젖은 모래밭에서 떠오르고

소금에 전 사투리가
비릿한 갯내를 풍겼다.

3.
사내들의 구릿빛 얼굴이
바다를 건너가고 있었다.

몇 덩이 섬들이
퉁퉁 불어 떠 있고

낮술에 취한 해가 빈 골목을
서서히 빠져나가고 있었다.

민화 1

– 일월십이지도(日月十二支圖)

꽃, 다시는 이 땅에
피지 못하네.
모진 난리 끝에 겨울이 와서
주린 들 무성하게 눈이
쌓이고
무너진 지아비와 지어미들이
강풍에 떠네.
땅 속 깊은 곳 오랜 이 슬픔
정 둔 가슴으로는
돌이킬 곳 없고
죽은 사람도, 산 사람도 언제까지나
깨끗한 이 눈물
세우지 못하네.

민화 2

–모란도(牡丹圖)

아들을 보아야지.
민둥산 같은 아내 밤마다 품어
어느 돌림병에도, 흉년에도 살아남을
사나운 아들을 보아야지.

핏빛으로밖에는 그릴 수 없는
무성한 사랑으로
헤픈 아내, 무너진 허리를
안아야지.

새벽잠 깨 쓰린 새벽에
가만가만 떠나는 이웃들
눈길에 떠는 기침소리로
흐르는 우리.

가는 곳마다 큰 꽃 피워
무성한 무성한 그리움으로
남아야지.

민화 3

– 춘경도(春耕圖)

남녘 끝에는 오랜 밀물이
넘치는 소리.

깊은 잠 무너뜨리며
밤새 여기저기 몰려오는
큰 소리.

서둘러 처자들을 일으키고
흉작의 저 들을 거두어라.

오랜 어둠 끝에
이 땅에서 자라온 것들 휘몰아치며
동녘을 열지니.

우리가 드디어 없는 가운데 일어나
동틀 녘
사나운 소를 몰며
척박한 이 땅에 뜨거운
뿌리를 박으리로다.

민화 4

– 백자도(百子圖)

큰 땅에 닿으리.
언 강을 건너
동틀 녘
서늘한 들녘에 닿으리.

눈물 닦으며
지워버린 꿈, 지워버린 노래
가두어 일렁이는 아득한 깊이.

자식 하나로
모진 곳 골라 피던, 본래
우리는 들꽃 아닌가.
밟힐수록 짙어지는
들풀 아닌가.

적막한 산천
아무데나 모여 한 떼를
이루고

사무친 뿌리로 얼크러지며
천지사방 가득한, 목숨

우거지리.

민화 5

– 고지도(古地圖)

지친 식솔 거느리고
헐벗어 곤한 잠 깨며
닿은 땅.

아까운 꽃 다 지고
이놈아, 이놈아, 서로 부르며
사무치는 북녘.

해 긴 날 돌아보는
근심이 깊어
어느 남북에 편히 누울
큰 산이 보이리.

빈 들을 건너
풀들을 짓밟으며
또 오랑캐가 온다.

어전리 1

더는 갈 곳이 없는
오지라고 했다.

도착하자마자 눈물이 앞을 서더라는
여선생과
유행가를 부르며

비가 내리고
정말 갈 곳이 없는 사람들처럼, 우리는
오래 서 있었다.

가진 것도 줄 것도 없어서
빗소리는 이리도 아픈 것인가.

사방을 죄어오는 빗소리에
전신을 내맡기며, 우리는
버려진 슬픔들을 껴안았다.

비가 그치면
짧은 봄이 온다고.
이제 사랑을 배워야 한다고.

어전리 2

일주일이 멀다하고 아이들은
전학을 갔다.

떠나야겠다며
학부형이 찾아오고
나무껍질같은 그들의 손을 잡으면
할 말이 생각나지 않았다.

서류를 꾸며주면서
떠나간 아이들을 생각하면서
창밖을 보면
덕유산 골짜기엔 서둘러
눈이 덮이고
바람은 함부로 불어쌓는데

어느 곳에서든지 다시 만나리라는
안개같은 생각만 접어보고 접어보고

산동네 깊은 그늘을 보며
결재를 서둘렀다.

어전리 3

냉해가 들고, 아이들이
무리지어 가출을 했다.

학부형이 소환되고
닷새만에 죄인이 되어
불려온 아이들을 벌주면서
종아리를 치면서
다문 이를 악물었다.

끝끝내 학교를 다닐 수 없다며
한 아이가 퇴학을 하였다.

회초리를, 그 질긴 아픔을
휘두르며
겨울이 가고

학기가 바뀌면서 더러는 잊혀도 갔지만
수첩을 펴면 명렬표 끝에
아프게 남아 있는 이름, 성. 순. 애.
아직도 너는 우리 반이다.

어전리 4

–미자에게

생활기록부를 정리하다가
색인표 위 지워진
네 이름을 보았다.

너는 열다섯
늘 찌끄래기 옷만 입어서
언니가 밉다고 했다.

그 미운 언니를 따라 울먹이며
공장으로 가더니
한 달 뒤에는 퇴학이 되었고.

나는 그 날
어느 교과서에도 없는 네 이야기를
생각하며
가슴이 마구 뛰었다.

책상이 치워지고
이름이 지워지고
그러나 그 누가 네가 남긴 기억마저를
지울 수 있으랴.

밤마다 너는 내 불면으로 와서
생각의 마디마디를
아프게 했다.

길은 보이지 않지만, 모두들
어디로든 가야만 하리라.
그렇게 떠나서 너는 지금
어느 눈길을 가고 있느냐.

어전리, 어두운 하늘 아래
열병처럼 너를 잊지 못하는
찬 눈이 내려
함부로 쌓이고 있다.

어전리 5

머물 곳이 없어서 그 겨울은
그리도 길었던 것일까.

빈속으로 함께
밤을 새우며
목이 터져라 부르던 옛노래와
함부로 울고 싶던 그 새벽
억수같이 취해서
시린 눈발을 헤쳐오면
떠나간 아이들이 그리웠다.

흘러가지 않기 위해서 우리는
여기 이렇게 모여 있지만
흘러가지 않겠노라고 악을 쓰며
종아리를 치던
전 선생도 떠나고,

그가 버린 슬픔처럼
지긋지긋하게 눈이 내린다.
더는 부서지지 않기 위하여
얼어붙은 산자락 아무데나

토악질을 해대고 욕설을 내뱉고.

남은 우리라도 머물러야 한다고
어전리 수척한 골목을 헤매다 보면
새로 만나는 추위 속으로 공복처럼
겨울이 깊어 갔다.

어전리 6

이 년만에 나도
어전리를 떠나왔다.

다시 오는 겨울의 어디쯤
밤마다 빈속으로 헤맨
골목 어디쯤
끝내 뿌리내릴 수 없었던 우리들의
어설픈 사랑이 묻어 있는지.

스물아홉에도 서른에도 나는
질긴 선생이었고
알 수 없는 소문, 알 수 없는 이슬로
반짝거리던
강물은 좀처럼 깊어지지 않았다.

들 1

문득 가을이 끝나리니.
들녘을 적시는 찬 비 그치고
여기저기서 추위가 오리니.

한 철만의 사람들을
거두어 가고, 흩어진
울음 몰아대며
우리가 여기 남아, 문득
무엇으로 더 깊어지랴.

새벽잠 깨 시린 손으로
밤새 고인 슬픔도 퍼내며
추위 속을 여기저기 더듬어
무너지며
우리 고운 마지막을 보리.

들 2

날이 저물고
들이 비었다.
우리도 저와 같이 비어
얼굴을 묻고 떠나는
사람들이 보인다.

평생을 사나운 새벽잠에 시달려
저들도 이제는 쉬 늙기를
기다리고,
어느 새도 더 이상 날지 않는다.

헤어져 가리로다. 못다 운
울음이 쌓여
빈 들에 넘칠 때,
몸 풀고 헤어져 물 건너가리로다.

날이 저물고
몸 풀고 건너야 할 들이
비었다.

들 3

어두워질 때
들에 나가 듣는다.
스스로 흘러 강이 된 물과
우리가 모여 이룩한 큰 슬픔

흉년 뒤에 더 큰 흉년
강추위 뒤에 더 큰 추위가
몰려와, 그늘 없어
이 몸 다 가리지 못하니
우리가 밤새 모여 흘러도
떠도는 소리를 무엇으로 덮어
피 돌게 하랴.

들이 돌아눕는다.
어느 누구도 더 깊어지지 못하고
바람소리만 바람소리로
몸서리친다.

들 4

새벽에 일어나
수척한 겨울을 보리.

서릿길을 무릎으로 걸어
새떼들을 깨우며
다시 이곳에 이르지 못하는
강물과 깊어진
산을 보리.

가슴에 불
평생을 일구어 넘어야 할
하늘, 다 버리고

척박한 땅 타는
놀에 묻히리.

귀로

길은 깨어 있다.
차가운 몸뚱이로 부서지며, 끈끈한
어둠을 철벅거리며
길은 깨어 있다.

깊어진 강물이 들판에 모여
캄캄한 소리로 울고,
불타는 이마를 반짝이며
목마른 나무들이 서 있다.

떨어진 무명 옷자락
펄럭이며
눈 부릅뜨고 떠난 사람들은
지금 어느 골목에 엎드린
어둠이 되었는가.
숨죽이며 짓밟히는
아픈 소리들이 되었는가.

저녁 바람에
작은 귀를 세우고
풀잎이 쓰러져 있다.

추석

강물은 좀처럼 깊어지지 않았다.
수많은 설움의 빛깔로 반짝거리던
물줄기는 마르고,
애비 없는 엄마가 되어, 네가
동두천이라든가 문산이라든가 어디
바람 속을 헤맨다던 여름
마을엔 박꽃이 피어
아름다웠다.

흉흉한 소문은 끝없어 어른들은
가슴에 불을 지르고,
눈에 들어 부시던 옥색 조끼
우리 옷의 검둥이가 함께 오던 날
쑥대 우거진 강둑은 오래
별빛이 내려 향기로웠지.
너를 낳은 이 땅은 너를 버리고
잡풀에 덮여
부끄러움을 모르고,
하늘이라던 남자는 네 눈물의
빛깔로 무너졌다.

애비 없는 엄마가 되어서도
아플 것 없는 나라에
단단한 얼굴로 나서리라던, 너는
가난한 이 땅에서도 쫓겨난 촌년.
그 설운 소망으로 이제는
천한 빛깔들 모두 벗었을까.

오래도록 소식 없던 네 그리운 언덕에
일렁이는 바람으로 풀들은 자라고,
알 수 없는 소문, 알 수 없는 이슬로
강물이 되는 우리
큰 근심 속에서는
어차피 모두 같은 빛깔이던 것을.

꿈속의 나라 아메리카에
서럽던 치마폭 모두 찢어버리고
이제는 지친 허리를 뉘었을까.
검둥이 품에 안겨서
박꽃은 지고 달은 뜨는데.
달이 떠서 추석은 되었는데.

2부
민둥산 너머

김제평야

눈 내리는 추위 속으로
저물도록, 건너간 사람들은
닿았을까.

처자식 거느리고, 그리운 강
돌아와 보는
우리의 얼굴.
하루 해가 이렇게 깊고
들은 넓구나.

우리는 더운 가슴을 댄다.
못다 기억할 이름으로
마을은 아득하고,
눈 밑을 흐르는 언 강을 따라
우리 가슴도
곱게 삭아 강을 이룬다.

형제들아.
형제들아.

다친 마음들 껴안고

저무는 김제평야.

흘려보낼 것들을

끝까지 흘려보내다가

보는, 설움 혹은

빼저린 사랑.

개망초 1

슬픔을 잊고 우리가 살아
민둥산을 넘으며
가만히 깨어나는 풀빛을 보네.

근방에 소리 없고,
상한 몸들 주저앉아
굽은 등 긁어주며
저물지 못하여 수북한
이 그리움.

고단한 끼니를 두고
적신 꿈들을 또 적시며,
남에 북에
큰 산 허리에
빈 손 들고 피어나는
쌀밥같은 꽃들아.

개망초 2

어느 법으로도 이 마음
베지 못하네.
두 눈 부릅떠
제 갈 길 가며
조선팔도 떠도는 눈물이 되겠네.

살만한 땅에 닿기 위하여
이마로, 가슴으로,
또 무릎으로,
헐벗어 사무치며, 뉘우치며
가는 길.

짓밟힌 풀들의, 무섭고 아름다운
새벽이 올 때
혼백 불러 몸 밝히는
들꽃이 되겠네.

오월에

무심한 날늘 늘이어 가며
창밖에는 봄빛이 고운데
요절한 식민지 시인의
「참회록」을 가르치다가, 문득
하늘을 본다.

부끄러운 게 너무 많았던 그는
밤마다 뉘우치다가
스물아홉, 불령선인으로
적지에서 죽고,
서른이 넘어서도 부끄러움을 모르는 우리는
갈라진 조국에서
「참회록」을 가르친다.

선생이 되고, 아비가 되어
아무 걱정도 없이 어느새
우리는 아름다움을 잊어버리고,
뉘우친다는 것이 무엇인지
가르치지 않아도
식민지 시인의 토혈같은 시구를
아이들은 곧잘 외워대는데,

꽃이 피고 지는 참담함으로
5월은 오고.

조용히 책을 덮고, 빗물처럼
거꾸러져 버리고 싶을 때
쉽게만 살아서 조용한
이 땅은,
내보일 것들을 다 보여서
더 감출 것조차 없는 이 땅은
아무 걱정도 없는, 허공처럼
그렇게 남아 있다.

논 1

–아버지

늘에 나가
따가운 햇살로 무성한
곡식들 곁에 서면
이제 나도
늘 저녁노을빛 같던 아버지
마음을 알 것 같다.

자식들 손톱에 흙 넣지 않겠다고
좋은 땅 다 팔아가면서도
늘 기쁘시던 아버지.
빚 얻으러, 논 팔러
밤길 다니며
자식 하나 이렇게 키워
밖으로 내보내고,
남은 논 서마지기로 늘
마음 놓지 못하시는 아버지.

품삯도 안 나오는 나락농사가
올해도 이렇게 풍년인데,
알곡은 털어 물세로, 농지세로
영농자금으로 다 바치고

쭉정이만 남은 논.

몇 무더기 그늘이 되어 무성한
슬픔을 바라며,
그래도 땅밖에는 없다고
속고 속으며,
땅으로 저물고 땅으로 새며
속으로만 속으로만 되새기던 아버지 마음을
이 가을 아비 되어 들에 와 비로소
알 것만 같다.

논 2

–물꼬를 트며

큰 비 오기 전에
물꼬를 보러 간다.
헌 옷 갈아입고, 흐린
들에 나서니
나락은 벌써 수북수북 자라서
그득한 나라를 이루었구나.

가슴에 차오는 창대같은 풀잎들
발목 감으며 기대어오고,
불끈불끈 솟아오른 논두렁을 돌아
막힌 물꼬를 트면
갇히어 잠잠하던 썩은 물들이
한꺼번에 쏟아져 내린다.

미친 물살 되어 흘러내리는
곧은 물굽이들로
갑자기 트이는 이 아픔.
갇힌 물길 터주며
물꼬마다 쏟아지는 물소리 들으며
함께 모여 쏟아지고 싶은
뜨거운 외침들이

저문 땅 가득히 밀리어 오고.

솟구치는 힘이 되어
흙탕이 되어
언젠가는 한 번 쏟아질 우리,
흐린 땅에 모여
거친 손들을 잡고 있구나.
이 땅의 갇힌 숨통을 트며.

겨울

고향집은 지금
겨울이 깊었을 것이다.
나락 수매를 마치고 온 아버지
주머니는 비고,
고적한 달빛 몇 줄기가
빈 마당을 지나갈 것이다.
내년에도 내후년에도
그 후년에도 어김없이
텅 빈 겨울은 오고,
밤마다 쓰린 공복을 메우며
지렁이들이 울 것이다.
고향집은 지금 달빛이 내려
약이 차오르는 매운 마늘순들이
서릿발 위에 고울 것이다.

만경강 1

내리는 눈발 속에서
여릿여릿 내게로 오는 것들,
내 앞에 나직이 엎드려
눈물 젖어오는 것들, 이뻐라.

먼 길에 먼저 저물어
혹은 나부끼면서, 혹은 흐느끼면서
지쳐 깃들이는 것들,
젖은 머리 숙이며 품 안에
뛰어드는 것들, 이뻐라.

예 와서 보게,
들풀같은 이 사람아.
해진 육신들 다 벗어버리고
흐린 물 함께 뉘우치며
고요히 흐르는 것들, 이뻐라.
이뻐라.

만경강 2

갈대들은 모르지.
눈부신 꽃으로 피었다가
어느새 낱낱이 눈 되어 흩어지는
만경강 갈대들은 모르지.

밤마다 반도의 물결은 높아지고
선연한 피 맺혀 여기저기
흩어진 넋들,
제 살 깎아 먹여도 아프지 않은
피붙이들,
눈물을 모르지.

빈 배 몇 척 띄우고
철썩거리며
한숨 쉬고 길게 누워, 마침내
마음 놓고 마음 놓고 잠들어버리는
흐린 물은 모르지.

빈 손으로 쫓겨간 등 굽은
벗들, 이웃들
저문 길에 떠돌며 잦아드는

비명을,

뼈저린 추위를,

만경강 갈대여, 너희들이

눈부실 동안은 모르지.

만경강 3

겨울비 내리는 강가
눈물로 서 본 사람은 안다.
강물이 막무가내로 흘러
저렇게 스스로 깊어진 뒤에는
무엇이 흐르고 무엇이 고이는지.
한없이 떠내려갈 듯하다가도
문득문득 멈춰서서 소스라치는
강바람소리.
빈 들의 가슴에는 시린
빗물만 고이고,
불어갈 곳 없는 신음으로
신열로
함부로 쏟아지는 것들을
저렇게 무참히도 받아들이고만 있는
목숨들.
들녘 끝까지 일렁이는 노여움이
어디서 어떻게 삭고 있는지
겨울비 내리는 강가, 마음놓고
마음놓고 펄럭여 본 사람은 안다.

만경강 4

지나간 한숨들을 지우며
강둑에 쌓인 눈은 아름답다.
고릿적 깊은 근심
고운 연기로 깔리는 들녘,
길게 누워 바라보는
저녁답의 눈들은 아름답다.
먼저 간 사람은 먼저 간 만큼 앞서 가고,
나중 간 사람은 나중 간 만큼 뒤서 가고,
두런두런 나서서
저마다의 생애로 저물어가는
눈 덮인 길들은 아름답다.

풀씨에게

너 홀로 있는 곳
아무리 깊은 수렁일지라도
두려워 말아라.
단단한 껍질 속에, 매운
속살을 감추고,
따뜻한 흙을 만나기까지는
어떤 혹한도 강풍도 견뎌내거라.
따뜻한 흙을 만나거든, 서둘러
껍질을 깨고 뿌리를 내어
우뚝우뚝 자라거라.
올 날은 언제든 기어이 오고야 말 것이니,
모진 세상 흙비도 무릅쓰고
고운 잎들을 가득가득 달거라.
험한 발굽 아래 누워서도, 부디
꺾이지는 말고
부지런히 꽃을 피워
단단한 풀씨를 또 뿌리거라.
동토의 얼음장 밑을 흐르는
눈물도
네 뜨거운 수액으로 거두어
길마다, 들마다 우거지거라.

선연한 채찍의, 사슬의, 노역의
피멍을 딛고
두 눈 부릅뜨는 새벽,
눈부신 함성으로, 길마다
철벅거리며 아침이 오리니,
캄캄한 오늘 이 험한 수렁도
두려워 떨지는 말아라, 풀씨여.
풀씨여.

자주달개비

진창 속에 푸른 멍으로
너는 피어 있구나.
한여름 땡볕에서도
늘 젖어 있는 너의 몸.
우리이면서 우리와는 사뭇 다른
색깔로 너는
수북하구나.
동두천이나 오산 아니면
군산,
꺾기 쉬운 꽃으로
너는 피어서
돌아보기 싫은 어둠이 되었구나.
가꾸지 않아도 어느새 너는 자라
무심한 우리 가슴을 찌르고
절로 우거져 아픈
핏줄이 되었구나.
그 어느 총칼로도 베지 못할
네 천한 뿌리, 함께
섞으며 가자고,
진창 속에 숨어서 숨어서
참담한 살냄새로 엉크러졌구나.

꽃피는 봄이 오면

꽃피는 봄이 오면
돌아오라.
길 떠나 소식 없는 사람들아.

나 아직 문밖에 서서
문 지키며 있나니.
진달래 피면 돌아온다던
그 말을 믿고 있나니.

지금 눈보라치고
문풍지 우는 밤은 깊지만,
여기저기서 새벽을 부르며
달려오는 발자국소리 자욱하니,

동토에 묻힌 사람들
함께 일어나
온 들녘의 향기로, 훈풍으로 꼭
돌아오라.
꽃 피는 봄날에.

3부
모진 그리움

밤차에서

용택이형 네 번째 시집
출판기념회를 마치고
자정 넘어 도망치듯 돌아오는 길
흔들리는 차창 밖으로 비가 내리는데,
최선생은 참말로 시인의 가슴을 가졌다고 하시던
정양 선생님 말씀이 자꾸만 떠오른다.
십 년 넘게 시를 잊고
사십도 훨씬 넘은 이 나이에
나도 다시 시인이 될 수 있을까.
택시는 속력을 높이는데
아름다운 약속들을
다 묻어두고도 하늘은
저렇게 깊은데,
나는 무엇이 두려워
아직도 이렇게 흔들리며 사는가.
흔들리는 것이 나만은 아니라고
추억을 묻어버린 사람이 나만은 아니라고,
창밖의 나무들도 가끔씩은
흔들리며 산다고,
빗발은 점점 굵어지는데,
팔복동 지나 삼례 가는 길

흔들리는 차창 너머로
찬비에 젖는 서너 개
불빛이 밝다.

민들레

먼 산엔 아직 바람이 찬데
가느다란 햇살이 비치는
시멘트 층계 사이에
노란 꽃이 피었다.
나는 배고픈 것도 잊어버리고
잠시 황홀한 생각에 잠긴다.
무슨 모진 그리움들이 이렇게
고운 꽃이 되는 것일까.
모진 세월 다 잊어버리고
정신없이 살아온 나를
이렇듯 정신없이 붙들고 있는 것일까.
작은 꽃이파리 하나로도, 문득
세상은 이렇게 환한데,
나는 무엇을 좇아 늘 몸이 아픈가.
황홀한 슬픔으로 넋을 잃고
이렇듯 햇빛 맑은 날
나는 잠시 네 곁에서 아득하구나.

개나리

(전사들이 다 사라져 적막한 교정에
겨울 지나며 제일 먼저 개나리가 피었다)

사람같은 사람 하나
만나러
이른 아침 남몰래 깨어
크게 한 번 외쳐보는 거다.
그리움 하나로
이 세상이 환해질 때까지
소리 없는 고함 한 번 질러보는 거다.

만경강

그곳에 가면
키 큰 갈대들이 있지.
갈대들 사이로 불어가는 바람의
맨발이 보이지.
늘 젖어 있는 바람의 울음,
그 눈물이 아직도 남아 있을까.

깊이를 알 수 없는
낡은 햇살
뉘우치며 일렁이는 물결
다시 맞출 수 없는 부서진
꿈,

그 아픈 속살들이 다 보이지.

가을에

이 가을에는
옷을 다시 해 입기로 했다.
오래 되어 정든 것들을
바꾸기로 했다.
때로는 호사도 미덕이거니.
나무들을 보아라.
새 옷 갈아입어 더 고운
가을 나무들을 보아라.
오랜 망설임을 떨쳐 버리고
깨어나 눈부신 이파리들을 보아라.

다시 가을에

이 가을엔
바람이었으면 좋겠네.
마른 갈대 사이를 지나가다가
나직하게 우는.

가는 햇살이었으면,
마른 나무였으면
좋겠네.

다시 가을엔
아무것도 아니었으면 좋겠네.
가진 것 없는
빈손이었으면 좋겠네.

눈

이른 저녁 무렵 창밖으로
내리는 눈은
쓸쓸하다.

이른 저녁 무렵
창밖으로 내리는 눈은
적막하다.

이른 저녁 무렵 창밖으로
내리는 눈은 무겁다.

내 중년의 잠처럼, 꿈처럼
여기저기 흩어지며
마음놓고 녹지 못하는
차가운 눈.

혼자 앉아서

눈보라치는 창가에
혼자 앉아서
날이 저문다.
온 세상이 저문다.
그리운 것들 다 지워져
먼저 간 발자국 하나
보이지 않는다.

마흔 살 적

내 나이 마흔이었을 때,

가난한 아내와, 어린

자식이 둘이었을 때,

버릴수록

채울 것이 더 늘어난다는 것을

믿은 그 때.

절집 마당

후배의 49재에 갔었지.
햇살 밝은 절집 마당,
봄꽃들이 피고 있었지.
아무도 울지 않았지만
울음보다 더 깊은 법당.
죽음은 도처에 있는데
소복한 젊은 아내가 아름다웠지.
꽃 한 송이 피고 지는 것이
이렇게 아플 수 있다는 것을
처음으로 알았지.
마당 가득히 목련은 지고.

까치집

서울 가는 고속도로변
잡목 가지 끝에 흔들리며
위태로운 까치집 하나.

하필이면 왜 이런 곳에 집을 지었을까?
새벽까지 잠 못 드는 사람들
새벽같이 길 떠나는 사람들
흔들리며 지켜보는 까치집 하나.

누군가 죽도록 보고 싶어서
바쁜 길가에 집을 지었나?
아무리 생각해도 이유를 알 수 없는
고속도로변 까치집 하나.

대춘待春

남쪽 땅 끝 오동도에
동백꽃 몇 송이 피었다고
이 땅에 봄이 온 것은 아니다.

서둘지 마라.
섬진강변 매화 향기 속절없이
흩어지고
구례 산동 산수유 흐드러져도
아직은 봄이 아니다.

이 땅에 봄이 오기까지는
더 많은 꽃들이 피고 져야 한다.
목련꽃 탐스런 꽃봉오리를,
가녀린 개나리 꽃잎을
그냥 보내야 한다.

그리하여 마침내 남에 북에, 온 산에
붉은 진달래 그득할 때,
그득하다 못하여 열병 앓을 때
다시 되돌리지 못하는
봄은 비로소 오는 것이다.

상사화

절 중의 절 불갑사에
상사화가 흐드러졌네.
잎 지고 꽃대 피어나
잎을 그리며 꽃이 피었네.
날은 맑아
세상의 모든 끝이 서로
닿을 듯 가까운데,
사람들은 왜 여기 와서
천지사방 그리움으로 일렁이는가.
하늘 끝까지
노을빛으로 타오르는가.
상사화 한 송이를 손에 들고
종일을 물어도 시원한 대답은 없고.

가을 숲에서

텅 빈 손
텅 빈 마음으로
가을 숲에 들었네.

뒤따르던 발자국소리
사라지고,
나뭇가지 사이로 쏟아지던
새소리도 끊어지고,

아름다운 것들
다 떨어져
여기저기 속절없었네.

나이 드는 것은
홀로 된다는 것.
홀로 되어 차례차례 비워가는 것.

시린 햇살에 쓰린
상처를 말리며
오래오래 바람소리를 들었네.

헤어짐에 대하여

헤어진다는 것은
다시는 서로 만나지 못한다거나
한 사람을 멀리
떠나보내는 것이 아니다.
헤어진다는 것은
한 사람이 몸속으로
들어오는 것
몸속으로 들어와서
굳어지는 것
그래서 별이 되는 것.

은행나무

은행나무가 되고 싶었다.
높은 가지 끝에
푸른 잎을 피우고
아름다운 사람 하나
만나보고 싶었다.

은행나무가 되고 싶었다.
두 팔에 가득 은행을 달고
바람에 흔들리며
노란 색으로 물결치고 싶었다.

그래서 다시
은행나무가 되고 싶었다.
천 년을 살아서 맑은
향기가 되고 싶었다.

그믐달

짚신 신고
감발하고
먼 길 떠나는
푸른 새벽
가슴 속에 벼린
날선 비수 한 개.

별

우리가 무슨
별이었기에
저마다 저렇게 반짝이는가.

우리가 어느
별에서 왔기에
밤마다 이렇게 그리운가.

곁에 있어도
별만큼 먼 그대여.

바람만 스쳐도
아픈 그대여.

늦봄

햇볕 따가운 봄날 오후
한 무리 어린 계집애들이
지나간다.

모두들 짧은 치마에
입술이 빨갛다.

봄꽃은 벌써 다 지고
하늘은 막무가내로 깊은데,

담장 너머 새로 핀 장미꽃
두어 송이
부끄러운 듯 붉다.

5월 지나며

올해도 이팝나무에
흰 꽃이 가득 피었습니다.

쌀밥 냄새 수북한 꽃 사이로
역사의 푸른 멍처럼 그새 잎들도
고개를 내밀었습니다.

5월 지나며 아름다운 날,
우리가 알아채지 못하는 사이에
멀리서 두 살배기 어린애와 젊은 애비가
또 굶어죽었습니다.

4부
봄이 온다

운동화

어제는 어버이날이라고
아들이 운동화 한 켤레를 사가지고 왔다.
정말 좋은 운동화라며,
저도 꼭 신고 싶었던 운동화라며 억지로
발에다 신겨준다.
30% 세일하는 곳에서 샀다고.
신어 보니 좀 작다.
발에 꼭 끼는 게 조금 불편할 것도 같다.
아직도 놀고 있는 아들,
부족한 용돈으로
기죽지 않으려고 서울 시내를 헤맸을 일을 생각하니
짠하다. 자식 된 모든 이들이 짠하고
짠한 놈들 가득한 이 시대가 짠하다.
한참을 생각하다가
그냥 그 운동화를 신기로 한다.
어차피 좀 신다 보면 늘어날 것을
좀 작으면 대수냐.
이 운동화 찾으러 헤맨 것을 생각하면
이보다 더 좋은 신발이
세상 어디에도 있을 것 같지 않다.

억새꽃

어서와.
어서와.

먼 길 가느라 지친
자식들
어서 와서 쉬라고,

추석 지나 고향 가는 길
등 구부리고 손짓하며
허옇게 늙은 억새꽃.

아내

저녁 식사를 마치자마자
설거지도 하지 않고 잠자리에 드는
아내, 곯아떨어진 얼굴을 보니
언제 꽃다웠던 시절이 있었나 싶다.
아내에게도 분명히 스무 살의 청춘이 있었는데,
흐트러진 모습 보이고 싶지 않던
수줍은 시절이 있었는데,
꿈 많은 한 때가 있었는데,
그 모습 다 어디 두고 이렇게
아무렇게나 잠이 드는가, 잠들어
또 어떤 길을 막무가내로 가고 있는가.
허벅지랑 가슴이랑 다 드러내놓고 함부로
잠이 든 아내 곁에서 꿈결인 듯
나는 잠시 동안 할 말이 없다.

퇴원

한 달만에 두 번의 수술을 마친
아버지를 모시고 퇴원을 한다.
첫 번째 수술 끝나고
이제 그냥 죽겠다던 아버지는
딱 한 번 정신줄을 놓았다가
두 번째 수술을 받아들였다.
'그렇게 쪼끔 아프고 죽어? 당신이
무슨 복으로 그렇게 쉽게 죽어?' 하시던 어머니는
주섬주섬 그릇들과 헌 옷과
셀 수도 없이 많은 약봉지를 챙겨 따라나선다.
환갑 지난 아들의 부축을 받으면서, 아버지는
'다 된 목숨이 이렇게 끈질기구나.' 하신다.
'동백이 붉습니다, 아버지.'
'그새 철이 바뀌었구나.'
주고받는 말들이 조금씩 어긋나는데
양지쪽 환한 햇살에 봄풀이 돋아
여기저기 온 세상이 아프다.

눈병

가을부터 한겨울까지 눈병을 앓았다.

잠깐만 책을 보아도 뉴스를 보아도
핏발이 섰다.

핏발선 눈으로 세상을 보면
내 앞의 세상 일이 다 흐릿하고
눈물이 나고.

의사는 태평하게
따뜻해지면 나으리라고 한다.
봄이 와서 따뜻해지면
저절로 나으리라고 한다.

아직 눈 날리는 한겨울인데,
내 눈의 핏발이 사라질 봄은
정말 오는 것인가?
봄이 오면 저절로 핏발이 사라져
이 세상 모든 것이 환해지는가?

아픈 눈에 치료용 렌즈를 넣고

어찌어찌 참아보는 날,

창가의 봄은 멀기만 하다.

5월

뜬금없이 꽃구경이나 가자는 아내를 따라
아무데나 길 가는 대로 나섰습니다.
언제 심어 두었는지 길가엔 그새
이팝나무 꽃들이 허옇게 피었습니다.
꽃이 핀 모양이 꼭 쌀밥 같아서
이밥나무라 부르던 것이 이팝나무가 되었다는데,
그래서 풍년을 점치는 꽃이라는데,
아내는 부득부득 물푸레나무라고 우깁니다.
껍질을 벗겨 물에 담그면 푸른 물이 든다는 물푸레나무.
그래서 어느 지방에서는 수청목이라고도 부른다는데,
그 이름이 너무 좋지 않느냐며
자꾸만 우겨댑니다.
나는 그냥 아내를 따라 물푸레나무라고 부르기로 합니다.
쌀밥같은 희고 예쁜 꽃이 피는 이팝나무를
도리깨의 회초리를 만들던 물푸레나무라고 불러도
변하는 것은 아무 것도 없다는 것을
잘 알기 때문입니다.
우리가 이름을 가지고 다투는 사이에도
이 세상 어느 한쪽에서는, 사람들이
무더기로 꽃이 되어 피어나는지,
아무 걱정 없이 맑은 오월의 하늘은

아찔하게 깊기만 합니다.

유채꽃

전주 가는 도로 가에
한 무더기
유채꽃이 피었다.

신혼여행 때 제주에서
두근거리며 보았던
노란 꽃.

2월의 제주에는
이 꽃을 보러 사람들이
일부러 몰려들기도 하는데,

어디서 어떻게 왔는지
알아보는 사람 하나 없이
무더기로 피어

분주한 길가에
제가 꽃인 줄도 모르고
흔들리고만 있는 꽃.

아내 생각

아내가 며칠 집을 비운 동안
나 혼자 남아
종일 집안을 서성거린다.
어느 것도 손에 잡히지 않는데,
신발이며, 옷가지며, 심지어 걸레까지
조용히 제 자리를 지키고 있다.
무엇이 급했었는지 방 한 구석에
버려진 아내의 속옷 하나.
너무 반갑다.
끼니 맞춰 차려 놓은 밥을
꺼내 먹으며
어두워진다.
이러다가 누군가 먼 길
먼저 떠나고 나면
남은 사람 혼자 먹는 저녁밥은
참 쓸쓸하리.
어차피 목숨이란 서늘한 것을.
이런 저런 생각에 지친 밤이 깊다.

낡은 노트

해묵어 오래된
서랍을 정리하다가
아내의 낡은 노트를 보았다.
귀퉁이마다 보푸라기가 인
10년 아니 20년도 넘은 듯한
누렇게 변색된 종이,
낯익은 필치로 가지런히
써내려간 영어 단어,
초 잡은 편지 구절,
그리고 밑도 끝도 없는 여러 숫자들,
자질구레한 일상이 묻어있는 단어 사이로
문득 눈에 들어오는
"콩나물 100원"
그날 누가 왔던가?
누구를 위해 콩나물을 샀을까?
아무리 기억을 더듬어 봐도
도대체 알 길이 없는데.
누가 볼까봐 서둘러
노트를 도로 닫으며,
먼지 속에 혹 섞여 있을지도 모를
물기도 함께 닫으며,

오래 묵어 낡은 사람 하나
가슴속 깊이 간직하기로 한다.

수술 1

–수술 동의서

오래 동안 두통에 시달리다
응급실에 실려간 아내의 머리 속에서
동맥류가 발견되었다.
뇌혈관이 꽈리처럼 부풀어
터지면 죽는다고
의사는 내일 당장 수술을 하자고 한다.
터지기 전에 발견되었으니
천만다행이라고 한다.
그냥 수술도 아니고 뇌를 열어야 한다는데,
뇌를 열어 깊은 곳에
쇠로 만든 집게를 넣어야 한다는데
천만다행이란다.
수술 자리 머리를 깎으며,
눈물을 보이는 아내 곁에서
의사가 내민 수술동의서에 서명을 한다.
이럴 수도 있고,
저럴 수도 있고,
잘못될 수도 있고.
잘못된다는 것은 결국
죽을 수도 있다는 것인데,
내가 한 사람 목숨을 책임지는 것이다.

35년이나 같이 살면서도
나는 저 사람의 속내를 짐작도 못하는데
목숨을 책임지란다.
자세한 내용도 모르고 서명을 한 뒤,
팔다리에 여러 개의 링거 줄을 달고
세상모르고 잠든 아내 곁에서
부부란 참 잔인한 인연이라는 생각뿐이다.

수술 2

– 회복

여섯 시간의 긴 수술 끝에
침대에 사지가 묶인 채로 아내가 나왔다.
마취가 덜 깨어
왜 자기를 묶어 놓았느냐고,
손 좀 풀어달라고 헛소리를 하는 아내 곁에서
딸은 엄마 손을 잡고 울기만 하고,
처형은 묶어놓은 끈을 잡고
기도를 한다.
머리 속에 폭탄을 두 개나 넣어두고
살았던 지난 시절,
여자들은 누구나 두통을 앓는다고,
별 것 아닌 것을 가지고 유난을 떤다고
생각했던 게 미안하다.
자칫하면 죽을 수도 있었던 아내,
이제 사지가 묶여 움직일 수도 없는
아내 곁에서 밤을 새며,
잘못했다, 잘못했다
나는 자꾸만 죄인이 된다.

아버지

팔십이 넘어 청력이 떨어진 아버지는
짧은 말도 잘 알아듣지 못하신다.
한 마디만 말을 하려고 해도
싸움하듯이 고함을 질러야 한다.
보다 못한 자식들이
돈을 모아 사드린 보청기를
아버지는 세상이 시끄럽다며 빼버렸다.
전화를 걸어 "아버지! 저예요." 하고 말하면,
아버지는 "누구요? 누구시오?" 하신다.
"큰아들 동현이요." 하면,
"거기가 어디요?" 하신다.
기억이 사라질 때
제일 마지막까지 남는 것이
목소리라는데,
큰아들 목소리마저 잊어버린 아버지는
이제 이 세상 볼 일을 다 보셨나 보다.
이 세상 볼 일 다 보고
이제 조용히 쉬고 싶으시나 보다.

어떤 봄날

산수유랑 목련이랑 개나리가
한꺼번에 피어
뒤죽박죽 되어버린 오늘 아침.

3월인지 4월인지
그 너머 어디쯤인지
도대체 분간할 수 없는, 여기는
어느 나라 어느 곳인가.

이게 다 수상한 세월 때문이라고,
사람들이 욕심 사납게
제 욕심만 챙기다
꽃들도 길을 잃었다고 하지만,

어디만큼 계절이 오는지, 어디만큼
세월이 가는지,
이미 뒤죽박죽이 되어버린
내가 사는 이 세상을, 나는
더 이상 가늠할 수가 없다.

| 해설 |

시간을 실어 100층쯤으로 들어 올리는 힘

김만수(문학평론가)

1.

시집에 해설을 덧붙이는 것 자체가 참 덧없다는 생각이 들 때가 있다. 예를 들어, 다음 시 「만경강 4」는 동서남북 전후좌우 어느 편에서 읽어도 완벽하다.

지나간 한숨들을 지우며
강둑에 쌓인 눈은 아름답다.
고릿적 깊은 근심
고운 연기로 깔리는 들녘,
길게 누워 바라보는
저녁답의 눈들은 아름답다.
먼저 간 사람은 먼저 간 만큼 앞서 가고,
나중 간 사람은 나중 간 만큼 뒤서 가고,
두런두런 나서서
저마다의 생애로 저물어가는
눈 덮인 길들은 아름답다.

「만경강 4」 전문

먼저 간 사람은 앞서 가고, 나중 간 사람은 뒤쳐져 간다는데, 그리고 만경강에 눈이 내린다는데 여기에 무엇을 더 보탠다는 말인가. 모든 시들은 한숨을 지우며 조용히 쌓이는 만경강의 눈들과도 같다는 생각, 우리 또한 저마다의 생애로 저물어가는 눈 덮인 길과도 같으리라는 생각이 얼핏 보태지긴 하지만, 이 또한 어쩌자는 것인가.

좀 거창해보일지 모르지만, 이런 시를 읽다보면 노자의 「도덕경」에서 언급한 도(道)의 세계가 떠오른다. 도가 사라지면 덕(德)이 나타나고, 덕이 사라지면 인(仁)이 나타나고, 인이 사라지면 의(義)가 나타나고, 의가 사라지면 예(禮)가 나타난다는 것. 예만 지키며 살아가는 사람은 모범적이긴 하나 뭔가 옹색한 범인이며, 의를 위해서 사는 사람은 예를 중시하는 이보다는 윗길이지만 인을 지키며 사는 사람보다는 아래라는 것. 그리고 더 큰 성인은 그보다 더 큰 덕과 도의 경지에 있다는 것.

노자는 유가에서 말하는 인의예지(仁義禮智)보다 도와 덕을 한참 윗길에 놓고 있는데, 그가 말하는 도야말로 위의 시 「만경강 4」에서 말하고자 하는 삶, 다시 말해 앞선 자와 뒤처진 자가 함께 가는 동행의 길, 저마다의 삶대로 흘러가는, 길 아닌 길이 아닌가도 싶다. 「만경강」 연작은 이번 시집에서 가장 낮은 중심에서 가장 길 아닌 길의 방식으로 이 시집을 빛낸다.

2.

군산대 국문과에 재직 중인 최동현 교수가 첫 시집을 펴내게 되었다. 몇 년에 한 번씩 부지런히 시집을 펴내는 것이 요즘의 풍조이니, 60이 넘은 나이에 첫 시집을 낸다는 것 자체가 참 게으른 노동의 산물인 듯 보이지만, 여기에도 그 나름의 '나중 간 사람'의 '저마다의 생애'가 있는 듯도 하여 미소를 감출 수 없다.

나는 30대의 젊은 시절, 군산대 인문대 3층에서 최동현 교수의 옆방에 연구실이 있어 사이좋게(?) 잡담을 나누는 사이가 되었는데, 급기야는 군산대를 떠난 지 거의 20년이 되었건만, 그 시절의 인연으로 해설을 숙제로 받는 영광을 누리게 된 셈이다.

지금 생각해보면, 1990년대 후반부의 그 시절이야말로 나와 최동현 교수의 전성기이지 않았나 싶다. 그 당시의 최 교수는 아무도 등교하지 않은 새벽의 캠퍼스에서 시원하게 꽹과리를 한 판 치고 판소리로 목을 푸시곤 했는데, 그때야말로 내 연구실 벽 쪽에서도 갑작스레 '쑥대머리 귀신형용 적막옥방 찬 자리에'가 들려오던 전설 같은 시절이었다.

이제야 첫 시집을 내는 최동현 교수는 사실 판소리 마당에서 북을 치는 고수의 방석자리나, 연구실에서 판소리의 이론화와 자료 정리에 바쁜 국문학자로서의 삶의 비중이 더 크다고 볼 수 있다. 그가 펴낸 수십 권의 판소리 관련 학술저서는 앞으로도 거의 성취하기 힘든 깊이와 무게를 가지고 있는 것으로 평가되는데, 최 교수는 판소리를 이야기할 때 늘 전라도의 한과 슬픔, 분노와 삭힘에 대해 이야기하셨던 것으로 기억난다.

판소리의 한은 분노나 절망과는 다르며, 판소리의 주된 정조는 슬픔과도 다르다는 것. 거기에는 세월을 기다려 숙성해온 발효의 미학이 깔려 있는바, 이는 우리가 아는 '부패'와는 질적으로 다른 성숙의 경지라는 것이다. 최동현 교수가 '쑥대머리 귀신형용 적막옥방 찬 자리'로 외치는 것 속에는 슬픔과 고통을 넘어선 그 무엇, 그 발효와 삭힘의 세월이 들어있는데, 시를 조금씩 펼쳐보니 거기에는 역시 내가 약간 아는 최 교수의, 마치 잘

삭힌 판소리의 냄새와 가락과도 같은 삶이 조금씩 배어 있다.

전라북도 장수의 오지에서 교사생활을 하던 젊은 시절부터 만경강과 김제평야, 익산과 군산의 어디쯤에서 겪었던 삶의 일상들이 몇 개의 소제목 덩어리로 묶여져 있는데, 원체 그림을 좋아하시는 분이니 「민화」를 가지고 연작시를 쓴 것도 이해할 만하고, 젊은 교사로서 학생들을 만나고 그들과 생활하면서 느낀 시들이 「어전리」 연작을 통해 묶인 점도 쉽사리 이해된다.

그러나 더욱 울림이 커지는 부분은 좀 더 후의 것으로 보이는 「만경강」, 「들」, 「논」 등의 연작시들이다. 이들 시들에 나타나는 일종의 농경적 상상력은 계절의 순환과 잘 어울리는데, 이상하게도 그 바탕에는 늘 어둠, 아픔이 놓여 있다.

길은 깨어 있다.
차가운 몸뚱이로 부서지며, 끈끈한
어둠을 철벽거리며
길은 깨어 있다.

깊어진 강물이 들판에 모여
캄캄한 소리로 울고,
불타는 이마를 반짝이며
목마른 나무들이 서 있다.

떨어진 무명 옷자락
펄럭이며
눈 부릅뜨고 떠난 사람들은

지금 어느 골목에 엎드린
어둠이 되었는가.
숨죽이며 짓밟히는
아픈 소리들이 되었는가.

저녁 바람에
작은 귀를 세우고
풀잎이 쓰러져 있다.

「귀로」 전문

왜 그가 지나는 길, 깊어진 강물, 목마른 나무들에는 "숨죽이며 짓밟히는 아픈 소리들"만 들리고 있을까. 왜 그리도 팍팍하고 고달픈 것일까. 시인 최동현의 원질을 이해하기 위해 데뷔작이라 할 수 있는 「전야」를 천천히 들여다보니, 거기에도 상처, 비명, 그리고 그 바탕에 무거운 침묵이 깔려 있었다.

허리 부러진 들풀들의
비명을 밤새워 듣고 있었다.

어디서 누가 울었는지 젖어 있는
어둠 사이로
무명의 것들이 무참히도
쓰러지는 소리를
밤새워 듣고 있었다.

「전야」 부분

'허리 부러진 들풀들의 비명', '무명의 것들이 무참히도 쓰러지는 소리'야말로 1970년대의 한국사회에서 젊은 대학생들이 겪어야 했던 고통이었던 바, 이 시가 1979년 전북대학보사 현상모집 당선작인 이유는 여기에 있을 것이다. 여기에 담긴 무서운 분노와 상처의 기억은 판소리를 전공으로 하는 최동현 교수가 굳이 시를 쓰고 시를 잊지 못하는 이유가 되지 않았나 싶다. 예를 들어 「민화 2」에 드러난 "어느 돌림병에도, 흉년에도 살아남을/사나운 아들"을 얻고자 하는 못난 아비의 마음, 「격포 기행」에 드러난 "낮술에 취한 해"와 "퉁퉁 불어 떠 있"는 "몇 덩이 섬들이" 놓여있는 포구를 지나는 "사내들의 구릿빛 얼굴" 속에 감추어진 절망과 분노의 마음들은 그가 1980년대 이후 「남민시」 동인으로 써온 시들의 궤적을 보여주는 단적인 격정들로 보인다.

그러나 이 시집을 관통하고 있는 정서는, 굳이 계절을 비유로 들자면, 추운 겨울의 분노와 상처가 전부는 아니며 오히려 완연한 봄날의 세계에 가깝다. 겨울이기에 더욱 봄이 그리웠던 탓일까.

3.

조선 초기 정도전은 한양을 도성으로 정하고 동서남북에 사대문을 세울 때, 참으로 멋진 유교적 이데올로기를 디자인해냈다. 요즘 용어로 치면 도시 공간 스토리텔링인데, 동서남북(東西南北)의 사대문에 춘하추동(春夏秋冬)의 계절적 순환, 인의예지(仁義禮智)의 유교적 이상을 담아낸 것이다. 그래서 동서남북에 각각 흥인(興仁), 돈의(敦義), 숭례(崇禮), 숙정(肅靖)의 이름을 붙였는바, 사실 인의예지야말로 춘하추동의 계절적 속성에 기인한 바 크다. 봄에는 아직 새싹들이 여리니 약한 것을 애처로이 대하며 정성을 다해 보살피는 인(仁)의 정신이 필요하며, 여름에는 모든 생명이 앞 다투어 성장을 다투는 시기이니 만큼 페어플레이의 정신인 의(義)가 필요하며, 가을에는 곡식이 익었으니 자연과 조상님들께 고마움을 표하는 예(禮)의 정신이 필요하며, 겨울에는 모든 것을 끝내고 죽은 듯 머물며 삶 전반에 대해 성찰하는 지(智)의 자세가 필요한지도 모르겠다.

인간 또한 춘하추동의 삶을 거치니 인생의 미덕에도 인의예지의 단계적 적용이 가능하다는 생각이 들기도 한다. 그러나 역시 계절의 왕은 모든 것이 생명을 얻기 시작하는 봄이며, 이런 관점에서 본다면 의로움이나 예의나 지식보다 더 소중한 게 인의 정신은 아닐까 하는 생각도 든다.

시집의 앞부분에 실려 있는 연작 「어전리」에는 젊은 국어교사 최동현이 봄의 한 갈피 속에 등장한다. 가난 때문에 가출하고 학교를 떠나야 하는 운명의 아이들에게 매질을 하며 "아직도 너는 우리 반이다"라고 외치는 그의 모습 속에는 어질 인의 따뜻함이 깔려 있다. 학생에 대한 체벌이 금지되고 심지어 사법적 처벌의 대상이 되는 요즘의 시각으로 보면 참으로 별천지의 일로도 보이기도 하지만, 어쨌든 그런 시대를 지나서 지금까지 우리는 살아온 것이다. 「어전리 4」에 등장하는 미자, "너는 열다섯/늘 찌끄래기 옷만 입어서/언니가 밉다고 했다"던 미자가 이 시를 본다면 또 어찌할 것인가. 참으로 멀리 온 듯한 느낌이다. 우리가 함께 살아온 이 시절이 미자가 그랬고, 그의 젊은 선생님이 그랬듯, 힘들고 팍팍한 겨울의 삶처럼 보였는데, 어느덧 그 겨울은 사라지고 봄이 완연하게 다가온 것이다.

4.

아메리칸 인디언들은 우주의 삼라만상을 하나의 긴 몸(LONG BODY)으로 간주한다고 한다. 그들의 신화체계에 의한다면, 우주의 거대한 시공간도 혹은 우주의 작은 티끌도 내 몸의 연장이자 '롱 바디'의 일부이고 춘하추동도 '롱 바디'의 일부라는 것이다. 이런 그럴싸한 생각으로 우리를 보면, 우리 역시 '롱 바디'의 일부이고, 동서로 엇나가며 흐르는 동진강과 섬진강도 함께 '롱 바디'의 일부이고, 제 가장 아름다운 몸을 그냥 허공에 던져버리는 민들레 씨앗의 삶도, 늙은 달팽이처럼 병들어 서러운 육체를 얹고 살아가는 우리의 고달픈 인생도 '롱 바디'의 일부일 터이다.

늙어 몸져누우신 부모님들, 아무렇게나 속옷을 던져버리고 한쪽에 곯아떨어진 늙은 아내의 삶. 아직 취직을 하지 못해 풀이 죽은 듯 보이는 아이들의 삶조차도 시인에게는 슬프고 짠한 '롱 바디'의 일부인 것. 그렇다면, 아내의 낡은 서랍에서 발견한 오래된 편지 한 장 또한 '롱 바디'의 일부일 것이다.

해묵어 오래된
서랍을 정리하다가
아내의 낡은 노트를 보았다.
(……)
자질구레한 일상이 묻어있는 단어 사이로
문득 눈에 들어오는
"콩나물 100원"
그날 누가 왔던가?
누구를 위해 콩나물을 샀을까?

아무리 기억을 더듬어 봐도
도대체 알 길이 없는데,
누가 볼까봐 서둘러
노트를 도로 닫으며,
먼지 속에 혹 섞여 있을지도 모를
물기도 함께 닫으며,

「낡은 노트」 부분

내가 100원어치 콩나물의 '롱 바디'에 연결되어 있다면, 그리하여 아껴 콩나물을 사고 그것을 기록하고, 그것을 기억하고, 그것을 눈물 흘리는 삶에 연결되어 있다면…….

내가 좋아하는 신비주의자, 카를 구스타프 융은 '롱 바디'의 절반쯤을 이루는 '오후의 삶'에 대해 언급한 바 있다. 일생을 하루의 태양에 비유하자면, 출세와 입신을 위해 달려가야 하는 '오전의 삶'도 있지만, 정오의 높은 위치에서 서서히 내려와야 하는 '오후의 삶'도 있다는 것이다. 봄, 여름, 가을도 중요하지만, 겨울의 삶도 중요하다는 것.

고향집은 지금
겨울이 깊었을 것이다.
나락 수매를 마치고 온 아버지
주머니는 비고,
고적한 달빛 몇 줄기가
빈 마당을 지나갈 것이다.
내년에도 내후년에도

그 후년에도 어김없이

텅 빈 겨울은 오고,

밤마다 쓰린 공복을 메우며

지렁이들이 울 것이다.

고향집은 지금 달빛이 내려

약이 차오르는 매운 마늘순들이

서릿발 위에 고울 것이다.

「겨울」 전문

나락 수매를 마치고 온 아버지의 넉넉하지 못한 주머니, 쓰린 공복을 메우며 우는 지렁이(지렁이 울음소리를 본 건 이번 시가 처음이다)의 슬픈 오후의 삶이 참으로 나직하고 적막하긴 하지만, 그 삶이 그냥 슬픈 것은 아닌 것으로 보인다. 거기에는 매운 마늘순이 곱게 자라고 있기 때문. 마늘순들이 달빛을 먹고 자란다는 생각 또한 이번 시에서 처음 접한 황당/당황스러운 생태학적 지식이긴 하지만, 정말이지 마늘순은 서릿발이 있기에 더욱 맵고 고울 것이다. 가난한 아버지, 나지막한 지렁이, 매운 마늘이 지키는 고향의 '롱 바디'야말로 구스타프 융이 말하는 오후의 세계인 것, 그리고 오후의 삶을 우리에게 가르치는 오후반의 학교인 것.

나는 이번 시집에서 이름 모를 풀들이 무섭게 피어오르는 봄의 시절을 거쳐 가난한 식솔들과 이웃들이 악착스럽게 살아가는 여름의 모습, 그리고 모든 것이 서서히 익어가는 가을과 겨울의 모습을 순차적으로 읽어낼 수 있었다. 그러한 계절의 순환이 결국 한 개인의 일생이자 우리 사회의 역사일 수도 있는 법.

요즈음 나는 식은 땀 나는 꿈결의 파도에 실려 시공간의 경계를 뛰어넘는 악몽을 꾸곤 한다. 일초가 삼년과도 같이 길게 느껴질 수 있는 법이며, 삼년의 굴곡진 사연이 한 순간의 착각으로 보일 수도 있는 셈이다. 민들레 씨앗의 비행이 마치 우주비행처럼 장대한 것일 수도 있으며, 산이 높고 계곡이 깊은 것조차 필름을 빨리 돌리면 산이 격렬하게 춤을 추고 있는 한 순간의 정지동작일 수도 있는 것이다. 그렇다면 내 삶은 어떻게 요약될 수 있는 것인가.

5.

100층짜리 고층 빌딩을 잘 지었을 경우에도 엘리베이터가 없다면 그 건물은 거의 무용지물에 가깝다는 말을 어느 책에서 얼핏 접한 것 같다. 정말 맞는 말이다. 100층까지 걸어 다닐 수는 없는 노릇이지 않은가. 엘리베이터는 우리를 1층에서 100층까지 순식간에 공간 이동할 수 있도록 돕는다. 우리는 이런 통로가 있기에, 엘리베이터의 문이 덜컹 닫히고 덜컹 열리는 순식간의 시간에 100층에 도달할 수 있는 것이다.

시 또한 엘리베이터와 같은 게 아닐까. 우리의 인생이 첩첩이 100층까지 쌓여 있을 때, 우리는 그 100층의 높이와 깊이를 감당할 수 없다. 그저 시의 힘을 빌려, 시가 제공하는 어떤 통로를 통해서 우리는 그 엄청난 높이의 심연에 도달할 수 있는 것. 시가 곧 시간을 실어 나르는 엘리베이터인 까닭이다.

우리는 이 시집을 통해서 시인 최동현의 고층건물을 한 65층까지 살펴볼 수 있었다. 물론 최 시인께서 앞으로 시집을 한 권쯤 더 낸다면, 우리는 한 100층쯤의 그 건물을 더 구경할 수 있을 것이다.

시인 최동현

전라북도 순창에서 태어나 전북대학교 사범대학 국어교육과를 졸업했다. 1985년 「남민시」 동인지 제1집 『들 건너 사람들』에 시를 발표하면서 등단했다. 이후 오랫동안 시 쓰기를 중단하다시피 하고 판소리 연구에 매진했다. 전북작가회의와 전북민예총 회장을 지냈으며, 현재 군산대학교 국어국문학과 교수로 있다.

모악시인선 014

바람만 스쳐도 아픈 그대여

1판 1쇄 찍은 날 2018년 9월 3일
1판 1쇄 펴낸 날 2018년 9월 10일

지은이 최동현
펴낸이 김완준

펴낸곳 모악

기획위원 문태준, 손택수, 박성우
출판등록 2016년 1월 21일 제2016-000004호
주소 전북 전주시 덕진구 기린대로 418 전북일보사 6층 (우)54931
전화 063-276-8601
팩스 063-276-8602
이메일 moakbooks@daum.net

ISBN 979-11-88071-14-2

* 이 도서의 국립중앙도서관 출판예정도서목록(CIP)은 서지정보유통지원시스템 홈페이지 (http://seoji.nl.go.kr)와 국가자료공동목록시스템(http://www.nl.go.kr/kolisnet)에서 이용하실 수 있습니다.(CIP제어번호: CIP2018024441)

값 8,000원